Objets ordinaires,
histoires insolites

ISBN des versions numériques : 979-10-219-0420-0
ISBN distribution Hachette : 979-10-219-0421-7
ISBN autres distributions : 979-10-219-0419-4

Marianne Bablet, Antonin Bernand, Alia Ould Bouamama,
Léa Bourcier, Héloïse Bourgeois, Léa Dautel,
Rossana de Angelis, Cheikh Faye, Hortense Flament,
Coline Gilbert, Morgane Gruber, Nafi Kane,
Salomé Le Louët, Leslie Mondesir,
Clotilde Pelletier, Élodie Tanda

Objets ordinaires, histoires insolites

dirigé par Rossana de Angelis

INTRODUCTION

par Rossana de Angelis et Héloïse Bourgeois

Les yeux fermés, je pose mes pieds sur un petit tapis tout doux, tout mou. Une descente de lit. Je m'étire, allonge le bras, et ma main effleure la petite lampe qui s'efforce, chaque soir, d'éclairer les pages des livres empilés selon mes envies sur la table de chevet. Je ne suis pas encore bien réveillée quand je me dirige vers la porte et saisis la poignée qui ouvre sur un jour nouveau. Comme chaque matin, sans qu'elle ne se fatigue jamais de mes aller-retour.

Les objets sont partout. Tout au long de notre vie, ils nous accompagnent, nous guident, nous facilitent les tâches du quotidien, tout en passant inaperçus. Jamais nous ne prenons le temps de saluer cette petite poignée sans laquelle ouvrir la porte serait le premier grand effort de la journée ni la cafetière qui nous permet de tenir debout pendant des heures. Merci, les objets !

Parfois, ils ont droit à quelques heures de gloire : on leur consacre des émissions radio qui retrace leurs parcours[1] et des livres pour raconter les curieux destins auxquels ils ont participé[2]. Il est cependant rare qu'ils en soient eux-mêmes les protagonistes.

Pourtant, les objets participent étroitement à la construction d'un récit[3]. Ils sont porteurs d'histoires, chargés de souvenirs, investis d'émotions. Et leurs fonctions sont multiples : ils instaurent une ambiance, caractérisent des personnages, plantent le décor, sèment des indices, possèdent des pouvoirs et brisent des certitudes. Prenons le téléphone : sa silhouette suffit à caractériser une époque. Impossible de voir une cabine anglaise vernie de rouge sans penser à Superman. Quant au porte-cigarette, il est désormais presque indissociable de la main longiligne et sensuelle d'Audrey Hepburn dans *Diamants sur canapé*[4]. La simple évocation d'un sabre laser nous entraîne loin dans

---

1 *Histoires d'objets* était le titre d'une émission radiophonique canadienne francophone présentée par Fabien Fauteux et diffusée à partir de 2011 sur la première chaîne de Radio-Canada. Les épisodes de cette émission sont disponibles en podcast sur le site de la radio.

2 Pierre Bellemare et Veronique Le Guen, *Curieux objets, étranges histoires*, Flammarion, 2016 ; J'ai Lu, 2018.

3 Pour approfondir cette question, voir le livre de Laurent Lepaludier, *L'objet et le récit de fiction*. Nouvelle édition [en ligne], Rennes, Presses universitaires de Rennes, 2004, 220 p. Disponible sur Internet : http://books.openedition.org/pur/31943. Consulté le 3 septembre 2019.

4 Film de Blake Edwards, 1961. Titre original : *Breakfast at Tiffany's*, adaptation de la nouvelle éponyme de Truman Capote.

l'espace et le temps, tout comme le goût et l'odeur de la célèbre madeleine de Proust ramènent le narrateur à un épisode de son enfance.

D'ailleurs, quel objet n'est pas relié d'une façon ou d'une autre à une personne, par la place qu'il a occupée ou qu'il occupe dans son vécu, dans son histoire ? Et qui n'a pas d'objet fétiche ? Qu'il s'agisse d'un ours en peluche qui nous rappelle nos premières années ou d'un trousseau de clés chargé de breloques rapportées de nos voyages. Il en est de même dans le récit où les objets nous révèlent souvent des facettes plus ou moins secrètes des personnages qu'ils accompagnent. Et ils servent souvent de déclencheurs de désirs, de peurs, ou tout simplement d'actions. Un portable qui sonne et la discussion qui s'ensuit sont le prétexte d'innombrables péripéties de fiction, de rebondissements ou de révélations.

Un simple objet peut aussi témoigner d'une époque entière, comme le montre Neil MacGregor dans son livre *Une histoire du monde en 100 objets*[5]. De même, dans *Curieux objets, étranges histoires*, Pierre Bellemare et Veronique Le Guen nous racontent les parcours d'objets dont le destin est étroitement lié à celui de leurs propriétaires ou à des épisodes historiques célèbres. Qu'il s'agisse de la gourmette de Saint-Exupéry, du violon du Titanic ou de l'étui à lunettes de Roosevelt, ils nous permettent de mieux comprendre la grande

---

5 Les Belles Lettres, 2018.

Histoire par le prisme de leurs histoires. Ces reconstructions fidèles et documentées instaurent un pacte de vérité avec le lecteur tout en lui permettant d'accéder à une expérience de vie sortant de l'ordinaire. Mais la frontière entre récit de vie et récit de fiction peut parfois être floue, tout comme celle entre réalité et fiction. Et c'est encore un objet qui assure souvent cette transition, comme le téléphone qui transporte Neo d'une dimension à l'autre dans l'univers de *Matrix*. Ou bien, c'est l'objet lui-même qui passe cette frontière, devenant abstrait et insaisissable, comme l'*Odradek* de Kafka[6] ou l'*Ubik*[7] de P. K. Dick, ou simplement inconcevable, comme la cité antique de Lovecraft dans *Le mythe de Cthulhu*[8].

Ce recueil de nouvelles est issu d'un atelier d'écriture auquel ont participé des étudiants inscrits en licence de lettres[9] au sein de la faculté des lettres, langues et sciences humaines de l'université Paris-Est Créteil. Pour des raisons pratiques, la forme du texte court a été privilégiée. Comme l'écrit Régis Jauffret, la microfiction « est une tentative de faire rentrer toute la vie d'un homme ou d'une femme dans une goutte d'eau, la goutte d'eau

---

6   Franz Kafka, *À la colonie pénitentiaire et autres récits*, Actes Sud, collection Babel, 1998.

7   Robert Laffont, Collection *Ailleurs et Demain*, 1970.

8   J'ai Lu, 2002.

9   Plus précisément, les étudiants inscrits en L3 Médiation culturelle et L3 Rédaction professionnelle et communication multimédia.

étant cet espace très limité d'une page et demie »[10]. Tout au long de cet atelier, les auteurs ont parcouru des chemins différents, puisé dans la langue leurs propres mots, suivi leurs envies et leurs besoins d'écriture. En explorant leurs imaginaires, ils ont finalement construit le petit monde peuplé d'objets que nous vous invitons à découvrir.

Et pour que ces histoires puissent en générer d'autres, les auteurs ont choisi de verser leurs droits à l'association SOS Villages d'Enfants France dont nous saluons l'engagement social et solidaire. En France et dans le monde, SOS Villages d'Enfants permet à des enfants de vivre pleinement leur enfance, partagée avec leurs frères et sœurs, dans une même maison, et accompagnés par une mère SOS. Pour prolonger leur action, vous pouvez, à votre tour, faire un don ou parrainer un village sur www.sosve.org.

Bonne lecture !

---

10 Citation issue de l'entretien accordé par Régis Jauffret à l'occasion de la parution de *Microfictions* (Gallimard, 2007). Disponible en ligne : http://www.gallimard.fr/catalog/entretiens/01060143. htm. Voir aussi *Microfictions 2018* (Gallimard, 2018).

Histoire
d'un hérisson des mers

Marianne Bablet

Ogier Robert est propriétaire d'un hérisson des mers empaillé auquel il attache une importance très particulière. Chaque soir, depuis une trentaine d'années, il le sort d'un tiroir et le suspend par un fil à sa lampe de bureau, tout comme on suspend un porte-bonheur au rétroviseur d'une voiture.

Ses parents le lui ont ramené d'un voyage au Portugal, alors qu'il n'était encore qu'un enfant. Ogier aurait dû être heureux de recevoir un cadeau de leur part et c'est pourquoi il ne leur a pas dit qu'il détestait cet énorme poisson couvert de piquants. Sa forme sphérique, semblable à celle d'un fléau d'armes, sa bouche osseuse toujours ouverte, et ses yeux globuleux le terrorisaient. Surtout la nuit. Distinguer cet être hideux dans la pénombre l'empêchait souvent de dormir. Lorsqu'il y parvenait, il rêvait que le poisson se laissait tomber de son étagère, roulait discrètement vers son lit et perforait son corps de tous ses piquants, jusqu'à ce qu'il se vide de son sang.

Ce n'était malheureusement pas le seul cauchemar qu'Ogier vivait. L'école en était un autre. Sa timidité excessive n'était pas particulièrement appréciée de ses camarades. Ceux qui lui adressaient la parole le faisaient uniquement pour se moquer de lui. Mais ceux-là n'étaient pas les pires. Comme tout chef de bande qui se respecte, Éric Saumure, un élève plus âgé que lui, orchestrait les persécutions des enfants les plus vulnérables de l'école, faisant d'Ogier sa cible privilégiée. Éric et ses amis le surnommaient « le pédé » et lui baissaient régulièrement le pantalon. Ils s'amusaient également à lui voler ses affaires et le frappaient quand il tentait de se défendre.

Le seul refuge d'Ogier était la salle de classe. Lorsque la sonnerie de la récréation retentissait, il n'éprouvait pas le plaisir et le soulagement que ressentaient ses camarades. Il aurait voulu pouvoir rester avec son institutrice et passer ses journées à l'écouter parler. L'idée de rentrer chez lui était, certes, satisfaisante, mais celle de partager sa chambre avec un monstre marin l'était beaucoup moins.

Un jour, après avoir passé une énième nuit couvert de sueur à force de fixer cette créature qu'il avait cru voir bouger, il refusa de quitter la classe. Alors que tous les élèves étaient sortis, il s'agrippa de toutes ses forces à son bureau, de peur que la maîtresse ne tente de l'en dégager, car il était décidé à rester là jusqu'au lendemain.

La maîtresse n'en fit rien, vint s'asseoir à ses côtés et lui parla avec douceur. Après quelques échanges, Ogier craqua et finit par lui avouer, tremblant, la terreur que lui inspirait le monstre que ses parents lui avaient offert. Lorsqu'elle lui demanda à quoi la chose ressemblait, Ogier la lui décrivit péniblement, quoique dans les moindres détails. La maîtresse se leva alors et Ogier, stupéfait, la regarda sortir de la classe. Pourquoi partait-elle ? Allait-elle le laisser seul ? Était-ce un piège ? Il en avait peur, mais ne se sentait capable de rien. Alors il attendit.

Elle revint bientôt avec un livre illustrant les espèces marines. Elle le feuilleta et s'arrêta sur une page qui comportait deux photographies. L'une montrait l'ignoble créature, l'autre laissait voir un joli petit poisson. Les deux illustrations figuraient sous le même intitulé : « Le Diodon ». Elles étaient accompagnées d'un texte court que la maîtresse l'invita à lire.

« Diodon (n. m.) : appartient à la famille des *Diodontidae.* Espèce de poisson globuleux des mers chaudes, couvert de fortes épines érectiles, à la denture soudée en un bec, à la chair vénéneuse. Poisson solitaire, actif la nuit qui, dans la journée, se cache sous les roches, dans les crevasses ou entre les coraux et possède la capacité de se gonfler d'eau quand il se sent en danger. »

Lorsqu'il rentra chez lui, Ogier était soulagé. Cet animal marin qui l'avait longtemps effrayé était, en réalité, inoffensif. Il n'avait aucune raison de le craindre. Alors, il le toucha pour la première fois. Il le saisit par les épines et le cacha derrière des livres posés sur son étagère, dans l'espoir qu'il s'y sentirait mieux. Il vaqua ensuite à ses occupations et, à la nuit tombée, il sortit le Diodon de sa cachette, le posa à sa place initiale et alla se coucher.

Le lendemain matin, Ogier se sentait bien. Cela faisait une éternité qu'il n'avait pas dormi aussi paisiblement. En se rendant à l'école, il se demanda comment il pourrait remercier sa maîtresse, puis s'arrêta chez le fleuriste lui acheter un bouquet avec son argent de poche.

Devant le portail de l'école, son regard croisa celui d'Éric Saumure et il se sentit aussitôt nerveux. Éric s'approcha de lui, lui arracha le bouquet des mains et l'écrasa rageusement au sol. Ogier se mit à pleurer, ce qui lui coûta évidemment de nombreuses moqueries. Il ressentit tout à coup un frisson lui parcourir le corps et, au moment où Éric lui effleura l'épaule, il gonfla.

JE TE VOIS

Alia Ould Bouamama

En faisant les cartons du grenier, j'ai retrouvé les anciennes lunettes de mon père. En les essuyant, je constate que la monture en bois est toujours aussi luisante qu'autrefois, comme si le temps n'avait pas de prise sur elle. Je décide de les poser sur mon nez.

D'un seul coup, ma vue se grise. Le grenier s'obscurcit, les cartons se referment, les objets se cachent. Le monde qui m'entoure devient terne, fade. Je décide de sortir. Dehors, personne ne me dit bonjour et les quelques personnes qui m'adressent la parole sont si aigries et désagréables que ma main me démange. Je sens le regard méprisant des passants, les chuchotements des vieilles dames que je croise. Les passants me bousculent, « sale immigré », me disent-ils. Je passe devant mon ancienne école primaire. Les enfants se précipitent à la barrière pour me toiser avec curiosité, telle une bête de foire.

La brise de printemps a laissé la place à un temps grisâtre et des cordes commencent à tomber du ciel. Je ne comprends pas comment le monde a pu changer si brusquement. Je rentre chez moi épuisée, et le sommeil m'emporte, sans que j'aie même eu le temps de retirer ma monture.

Me voilà alors plongée dans un rêve merveilleux. Je suis allongée sur une pelouse, au plein milieu d'une grande plaine. J'ouvre les yeux et voilà un grand soleil. C'est agréable. Je me lève et me dirige vers la maison en pierre qui se dresse devant moi. Quand j'y parviens, le calme de la plaine laisse la place à un brouhaha. Des enfants jouent, les femmes préparent le repas et les hommes, installés dans un coin autour d'une table basse, battent les cartes, le cigare au bec. Ils ne parlent pas ma langue maternelle, mais je comprends ce qu'ils disent. Ils parlent ma deuxième langue, la langue du pays de l'autre côté de la mer, là d'où viennent mes parents. Une dame corpulente et à l'air sévère s'avance vers moi. Elle me dit : « Viens, mon fils, c'est l'heure de manger ». Je la reconnais : c'est ma grand-mère Louisa.

À table, je retrouve les mets de mes ancêtres, mais surtout la convivialité : tout le monde rit, crie, s'esclaffe, pleure, s'énerve, se taquine. Ils ont l'air de ne pas avoir grand-chose, mais ils sont si heureux ! Ils ont sans doute tout ce qu'il faut, en fin de compte.

Je me réveille, les yeux embrouillés de larmes. Je n'ai pas l'impression que ce sont les miennes, elles sont trop salées. Ma vue se grise de nouveau. Je réalise que je porte encore les lunettes. Je suppose que, toutes les nuits, papa doit rêver de son pays d'origine, de sa grande famille, d'un bonheur à l'abri des tracas auxquels il doit faire face à présent.

Ce bonheur familial, c'est tout ce qui manque chez nous. Sa mère n'est plus là, et lui, il est en conflit avec ses frères et sœurs. Mes frères et moi, nous prenons rarement le temps de partager un repas avec lui, pas plus qu'avec ma mère. Et quand c'est le cas, tout se fait dans le silence, ou bien sous les cris des uns et des autres. Nous ne savons plus quoi nous dire, nous ne nous comprenons plus. À quoi bon parler encore ?

C'est pourtant mon père, c'est mon sang. J'ai l'impression de ne pas le connaître. J'ai toujours eu l'image d'un homme froid et fier, que rien ne pouvait atteindre. Mais si j'en crois mon rêve, il a un cœur gentil, une âme sensible, comme nous tous. J'étais seulement aveugle.

J'ai rangé les lunettes dans l'armoire de ma table de chevet. Maintenant je ne les porte plus. Il m'arrive encore parfois de dormir avec, pour pouvoir rêver avec lui. Mais je me suis lancé le défi de le comprendre par moi-même. Même si c'est difficile, ça en vaut la peine.

Carrière 2.0

Cheikh Faye

Moi, je lui avais dit que les « j'aime » sur les réseaux sociaux ne s'exportent pas dans une salle de spectacle. Il n'a pas voulu m'écouter.

J'étais là au début de sa carrière. Il a rapidement eu les faveurs du grand public. Je lui avais proposé d'être son producteur, mais il ne voulait pas que son succès soit attaché à mon image. Quelqu'un d'autre a fait les sacrifices nécessaires pour le propulser au-devant de la scène et il en a rapidement récolté les fruits. Moi, je voyais en lui le 2Pac de notre époque à nous. Talentueux, on pouvait passer des heures à l'écouter sur ReverbNation. Lorsqu'Omzo est arrivé, Bass le boss nous a dit : « Je vais laisser la place aux jeunes. Je n'ai plus rien à prouver dans le Game ». On se disait tous que c'était dommage, qu'il pouvait continuer, qu'il avait encore des choses à dire. Nous avions l'habitude de l'écouter pendant nos récréations et nos soirées entre amis. Mais c'est la loi du business. Basse le boss s'est mis à la retraite, et le petit Omzo a envahi la toile. Il n'a pas tardé à défrayer la chronique sur les réseaux sociaux : Instagram, Facebook, Tweeter, on ne parlait que de lui. Entre un *j'aime* par ci, un *like* par-là, un pouce et un commentaire, la puissance du clic lui est montée à la tête, et il a fini par prendre le virtuel pour du réel.

L'homme qu'il incarnait sur la toile avait un pouvoir extraordinaire, mais ça ne marche pas de la même façon dans le monde réel. Une carrière virtuelle, aussi éclatante qu'elle soit, ne nous empêche pas de passer inaperçus dans les transports, parmi les rayons des supermarchés, dans les bars et les clubs de la place.

Il y a peu de temps, Omzo s'est trouvé un nouveau producteur, lui aussi émerveillé par les *vues* et les *likes* sur Facebook. Mais, ce soir, la salle de spectacle du Both Escale Congres n'a pas fait le plein. Les milliers de *vues* tout autour du globe, les followers par centaines, ne se sont pas déplacés. Son producteur sans pitié a décidé de réclamer sa mise. Moi, je regardais de loin. Je n'ai jamais cliqué sur un pouce, mais j'étais venu écouter ses dernières chansons.

CANADA
UNITED STATES
MEXICO
BRAZIL
PERU
BOLIVIA
PARAGUAY
ARGENTINA
CHILE
VENEZUELA
COLOMBIA
RUSSIA
KAZAKHSTAN
MONGOLIA
CHINA
INDIA
IRAN
PAKISTAN
TURKEY
SAUDI
ARABIA
MOROCCO
ALGERIA
LIBYA
EGYPT
MAURITANIA
MALI
NIGER
CHAD
SUDAN
NIGERIA
CENTRAL
AFRICAN REPUBLIC
DEMOCRATIC
REPUBLIC
OF THE CONGO
ETHIOPIA
SOMALIA
ANGOLA
ZAMBIA
TANZANIA
MOZAMBIQUE
MADAGASCAR
SOUTH
AFRICA
THAILAND
INDONESIA
AUSTRAL
NORTH
ATLANTIC
OCEAN
SOUTH
ATLANTIC
OCEAN
INDIAN
OCEAN
Greenland
(DENMARK)
St. Helena
(U.K.)
SEYCHELLES
COMOROS
PHILIPPINES
French Southern and Antarctic Lands

Une carte du monde

Clotilde Pelletier

Depuis que je suis née, elle a changé plusieurs fois de mur. Dans ta chambre, dans le couloir, dans la cuisine, chaque fois tu me disais de la regarder, pour voir où tu allais cette semaine-là. J'avais toujours mieux à faire, jouer, dessiner, sortir… Je pensais tout le temps à toi, mais je ne te le montrais pas.

La carte de la France, la carte du monde, la carte que tu affiches ou bien celle que tu déplies, peu importe, c'était notre lien particulier. Et ça l'est toujours.

À mon tour, il y a deux ans, de vouloir te montrer mon chemin. Tu n'as pas vraiment compris cette envie. Pourquoi voulais-je m'éloigner de toi alors que nous nous voyions déjà si peu ? Rassure-toi, je ne suis pas partie pour t'abandonner, mais pour que, toi aussi, tu puisses me suivre sur une carte. En grandissant, je me suis rendu compte que je ne voulais pas tout faire comme toi, mais tu m'as transmis cette passion de la découverte. Je l'ai faite mienne.

Aujourd'hui, c'est ma carte qui fait le lien entre nous, comme la tienne le faisait autrefois. Les années passent, mais, pour toi, je ne grandis pas. D'ailleurs ma carte ne vieillit pas.

Toi, à présent, tu voyages comme tu peux, et tu es un grand rêveur. Dans notre maison tout est toujours là, au même endroit, sauf cette carte, que tu déplaces de temps en temps.

Tu sais, Papa, un jour on m'a dit « On vieillit parce qu'on s'arrête ». Alors, cesse de penser que chaque rêve doit rester un rêve, et que seuls les autres peuvent les réaliser.

DDM
LA NUIT DES RENCONTRES

Le ticket

Léa Dautel

Samedi 5 janvier 2019. 19 heures. Ma soirée commence assez tôt, je vais récupérer des photos que j'ai fait développer. Ma pote Arlette me rejoint pour aller boire un verre dans la foulée. J'ai envie d'un *blanc piscine*. Tu ne sais pas ce qu'est un *blanc piscine* ? Tu charries, là ! Non, en vrai, c'est tout con, c'est une sorte d'énorme verre de vin blanc qui te fait croire que tu as de quoi boire toute la soirée, alors que t'as juste dix glaçons qui font illusion. Mais passons. Les aiguilles tournent. Ma tête, pas encore. Minuit trente. Pigalle est en folie : ça sent la danse et la drague à plein nez. Ça tombe bien, ce soir, j'ai envie de choper. Chut !

Je suis dans la file d'attente pour le Divan du Monde, toujours avec Arlette. Chansons françaises et cocktails à gogo. C'est fait pour moi. Après une demi-heure de queue (et encore, on a eu de la chance), on accède enfin au sas et mon ventre commence à vibrer sous l'impact des basses. Quinze balles la place. La caissière me donne un ticket bleu :

« Sur place club - - - SANS conso ».

Fais chier, mais *vamos*.

Nous voilà enfin dans le cœur de la bête, direction le bar. Deux gin-tonics. Dans un angle, il y a un jeu de fléchettes et une bande d'amis qui ont l'air d'aimer ça autant que nous. On propose de se joindre à eux. C'est bon enfant. Puis deux autres garçons se rajoutent, dont un qui me tape dans l'œil presque aussitôt. La partie se termine. Pour fêter notre victoire, je décide d'aller fumer une clope avec Arlette. J'arrive au mégot, quand mon « tape dans l'œil » entre dans le fumoir et se dirige vers nous. La discussion commence. C'est fluide. Nous dansons, et nous nous embrassons. Eh oui, rapide la petite Cléo ! J'en oublie Arlette, et lui, ses amis. Je lui trouve quelque chose de familier et je crois bien que c'est réciproque.

Le lendemain, nous discutons autour d'une tasse de café plus qu'appréciée. Il me parle un peu de sa vie, de sa famille. Il habite avec sa mère dans le quartier de Montmartre, au 29, rue Tholozé. Il veut me faire découvrir ses endroits préférés. J'hésite à lui parler de mon père absent, lui dire que je ne l'ai jamais connu… et puis, mince, je me sens à l'aise avec lui, je lui raconte.

Lorsque je rentre chez moi, je m'empresse de me déshabiller et de tout mettre au sal : mes vêtements puent le tabac froid. En vidant mes poches, le ticket d'entrée de la veille tombe au sol. Je m'apprête à le broyer dans ma main, puis je change d'avis. Ça me fera un souvenir de cette jolie rencontre. D'ailleurs, j'oubliais, il s'appelle Hippolyte.

Dimanche soir. Bonjour tristesse. Je suis en train de lire *Et on tuera tous les affreux*, de Boris Vian, quand l'ampoule de ma chambre grille. Le vrai dimanche soir à chier. Direction le grenier, pour en chercher une neuve.

En haut de l'escalier, mon âme d'aventurière se réveille. Je me promène à travers le bazar poussiéreux qui meuble l'endroit. Des cartons dans tous les coins, un vélo d'appartement (ma mère n'a jamais eu le courage de l'essayer) et des babioles improbables. Je m'arrête devant un joli petit coffre en bois et je l'ouvre. Il y a des photos de mes parents. De mon père surtout. On le voit jeune, à la plage, sur sa moto, ici à Paris. J'y trouve aussi un petit carnet avec des adresses et des commentaires sur des restaurants, ses premiers. Mon père était critique culinaire.

Mes yeux me piquent un peu. Quand je les essuie, un rectangle de papier tombe du carnet. Il y a inscrit « DDM » avec une adresse à moitié effacée. C'est un ticket de boîte, j'en suis sûre. Moi qui pensais que mon père ne s'intéressait qu'à ses bouquins ! Si tu cherches aussi des infos sur ta miff, va faire un tour au grenier. Je dis ça je dis rien…

Je redescends, le ticket à la main. Je le compare au mien. Bon, les dimensions ne sont pas les mêmes, mais ils sont quand même vachement cousins, si tu vois ce que je veux dire. J'envoie un message à Hippolyte pour lui faire part de ma découverte : il s'enthousiasme grave (eh, oh, tranquille, c'est juste une histoire de ticket !). La parfaite excuse pour m'inviter à en parler autour d'un verre. J'accepte l'invitation, *of course.*

Contre toute attente je revois régulièrement Hippolyte. Le deuxième rencard s'est bien passé et j'ai décidé de me laisser porter. J'ai bien fait. On fait plein de trucs ensemble. Il est gentil, drôle, et même un peu taré. Il me fait parfois mourir de rire.

Mais la vie, c'est un gros bordel dénué de sens.

Sans que je sache pourquoi, il a arrêté de m'écrire et je tombe à chaque fois sur son répondeur. Comme ça, du jour au lendemain ! Et je ne suis pas psychopathe au point d'aller l'attendre en bas de chez lui. J'ai ma dignité.

Je finis par me faire une raison. Symboliquement, j'entame un nettoyage dans ma chambre. Revoilà le fameux ticket. Curieusement, je n'arrive pas à mettre la main sur le second, le mien. De toute façon, je l'aurais jeté. C'est désormais un mauvais souvenir.

Je remonte dans le grenier et reprends mon examen du coffre en bois. J'ai étalé toutes les photos au sol pour mieux les regarder. Je m'apprête à les ranger quand j'aperçois une drôle d'encoche dans le fond de la boîte. Ça m'intrigue. Je secoue la boîte : elle contient encore quelque chose. Après deux échecs, j'arrive à décoller son double fond. Une lettre manuscrite y est scotchée. Elle porte l'écriture d'une femme. Ça date sûrement d'un bon bout de temps. L'inconnue s'adresse de toute évidence à mon père. Elle lui propose un rencard pour le Divan du Monde.

J'hallucine ! Mais qui est cette femme ? Je retourne l'enveloppe, sans trop savoir ce que je cherche, et je tombe sur l'adresse de l'expéditeur : 29, rue Tholozé.

VENDREDI

13

JUILLET

194-171   SS HENRI/JOËL   28
☀ 4 h 03, 19 h 49   ● à 2 h 48

Les cordonniers sont les plus mal chaussés.

Une éphéméride

Clotilde Pelletier

Chaque matin, le programme d'Albertine est le même. Elle met la bouilloire à chauffer et retire la feuille de l'éphéméride pendant ce temps-là. Elle met la date à jour, se demande à qui elle pourra bien souhaiter la fête. Puis, elle analyse la petite illustration et fait appel à sa mémoire. Qui est né aujourd'hui ? Parfois, elle s'en souvient et passe un coup de fil. Elle réfléchit plus encore, pour savoir qui s'est marié ce jour-là, qui est parti, qui est mort. Le film de sa vie défile alors derrière ses yeux.

Chaque matin, Albertine refait le monde avec son éphéméride, puis elle retourne à sa bouilloire. Elle verse l'eau bouillante dans sa tasse, y ajoute un sachet de thé vanillé, et quelques gouttes de lait. Le même rituel depuis des années. Un rituel qui se veut un exercice de stimulation. Il est neuf heures. À nouveau, Albertine attend que le temps passe. Il lui paraît interminable. Ses journées s'enchaînent avec le doute comme emblème.

Chaque matin, elle a un élan de lucidité durant quelques minutes, puis retombe à nouveau dans un trou noir. Sa famille vient la voir de moins en moins souvent. Elle oublie parfois l'existence de quelqu'un, ou bien le confond avec un autre. Albertine se rend compte de ses absences, et elle perd chaque jour un peu plus confiance en elle. C'est tout un monde qui s'écroule en elle, et autour d'elle.

Mais, chaque matin, Albertine essaie de rebondir. Elle se rappelle qu'elle a des enfants, des petits-enfants, elle voudrait pouvoir leur demander si leur journée s'est bien passée, mais elle doute de leurs prénoms, et renonce à les appeler. Elle voudrait pouvoir se promener, au bord de l'étang, mais chaque fois elle croit y apercevoir Jean, son mari mort depuis des années, et sait qu'elle va rentrer bouleversée. Alors, pour éviter les tourments, elle reste là, plantée dans son fauteuil, en regardant par la fenêtre. Mais elle ne renonce pas à l'espoir. Elle se souvient combien le temps d'autrefois était bon, combien elle était heureuse, et elle s'accroche de toutes ses forces à ce bonheur fané.

Chaque matin, Albertine retire la feuille de son éphéméride et parcourt sa vie. Puis, elle s'assoit au fauteuil et regarde par la fenêtre.

Coline Gilbert

Allez, les gars ! Tirez sur la ficelle !

Il avait joué au jeu de la ficelle avec ses frères Josselin, Jérémy, Joaquim, Jean et Judicaël, et c'est lui qui avait perdu. Il n'avait plus de force et il tremblait, son pauvre petit bout de ficelle dans la main. Il avait perdu, c'est lui qui devait le faire, brûler le corps de Kevin, son ami d'enfance, pour le faire disparaître, pour qu'il n'existe plus.

Julien pleurait. Il avait toujours eu peur de ses frères aînés, plus grands, plus forts que lui. Il pensait : « Je les déteste, je les déteste, je les déteste. » Il se répétait ça en boucle, en serrant la ficelle perdante dans la poche de son jean.

Un gars intelligent, Julien. Le dernier d'une fratrie de six enfants. Tous des garçons. La mère était morte, l'année passée, à cause d'une sombre affaire de trafic de Tours Eiffel en porte-clés. À sa mort, ils avaient découvert qu'elle avait été la cheffe du réseau dit « des petites Tours Eiffel. » Sauf que ces Tours Eiffel là, c'était pas des porte-clés normaux.

À l'intérieur, il y avait du haschich ou de la coke, selon le client. Bon, il y avait eu un règlement de compte, sa mère y était passée, quoi. Une balle entre les deux yeux. Définitif.

Son père, à Julien, c'était un gros bonhomme qui ressemblait à une armoire à glace. Alcoolique et violent comme personne. Tout le monde avait peur de lui, alors il élevait ses fils à la dure. Pas le choix. Sa femme avait essayé de construire une famille. Lui, à sa façon, il la détruisait. Ses fils prenaient de ces tannées. Il fallait voir ! Ça volait haut. Le sang giclait de partout. Les gamins pissaient de trouille dans leurs frocs, rien qu'en le voyant arriver.

Julien évitait tout. Il se fondait dans le décor. De la couleur des murs, le petit gars. Il était passé en mode survie dès qu'il avait eu l'âge de marcher. À trois balais, quoi. Tout en discrétion, il restait loin de cette violence. Mais, ce vendredi, au moment où Kevin et lui rentraient du lycée, c'était parti en vrille.

Julien aimait bien le lycée. Malgré l'ambiance délétère qui régnait à la maison, il réussissait à finir ses devoirs dans son coin. Ses frères s'en foutaient. Son père aussi. Dans sa classe, il avait retrouvé Kevin, un ami d'enfance auquel il s'était attaché. Kevin était un gars intelligent, comme Julien. Il voulait aussi sortir de la merde familiale qui l'environnait. Les deux ados s'appréciaient, avaient de bons délires ensemble.

Ce jour-là, Julien et Kevin étaient rentrés ensemble. Ils avaient projeté de faire une partie de PlayStation chez Kevin, mais son père était là, et ils étaient finalement allés chez Julien qui avait une vieille Xbox à moitié pétée. C'était moins bien, mais ça passait.

Sur le chemin, Kevin avait eu l'idée d'acheter deux canettes de Coca à l'épicerie. Une pour son ami et une pour lui. Il n'avait pas énormément d'argent de poche et, lorsqu'il travaillait aux champs durant l'été, son père ne le rémunérait pas. Quand il dépensait son fric, c'était pour se faire plaisir. S'il pouvait aussi faire plaisir à Julien, c'était du bonus.

Il faisait très chaud. Les deux garçons étaient heureux d'arriver chez Julien. Ils allaient se détendre devant leur jeu vidéo tout en sirotant leurs Cocas. C'étaient des ados, quoi. Mais pas vraiment normaux. Un peu cabossés. Qui avaient vécus des choses dures finalement. Malheureusement, le destin s'acharne souvent sur ceux qui ne l'ont pas cherché.

Julien et Kevin sont installés dans le canapé, face à la télévision, dans le minuscule salon en bordel. J., J., J., J. et J. entrent dans la pièce. Ils sont en sueur, car ils ont travaillé aux champs. Ils font vachement de bruit et se mettent devant la télé pour emmerder les deux petits gars qui jouent tranquilles. Julien reste calme. Il se fond avec le canapé, le pot de fleurs, la Xbox, la manette de Xbox, le buffet, la table du salon, la nappe de la table du salon. On ne le voit plus. Malheureusement, Kevin ne connaît pas cette technique et il se met à parler. Très mauvais choix.

— Vous voulez quoi, les J. ?

Ça commence très mal. Le plus grand, Joaquim, le pousse du coude pour s'asseoir entre les deux garçons. Pratiquement sur Julien, car celui-ci n'existe plus.

— F'a quoi Kefinounet ? T'es énerfé ?

Joaquim a un cheveu sur la langue. Il a un complexe par rapport à ça, mais n'en parle pas. Kevin lui dit :

— Je suis pas énervé. Tu es juste assis sur Julien. Tu l'écrases, là.

— Quoi ? Fulien ? Il est pas là, Fulien ? Tu l'as vu, toi, Fulien, Fudicaël ?

Judicaël fait non de la tête. Kevin réenclenche :

— Mais si, il est juste en dessous de toi. Vas-y, pousse-toi. T'es en train de l'étouffer j'te dis.

Là, c'est vraiment pas une bonne idée. Il ne fallait pas toucher Joaquim.

Joaquim attrape Kevin par le cou. Il le plaque sur le canapé.

— Quoi ? Y'a un problème ? Tu l'aimes, mon frère, f'est fa ? Tu veux te le faire ?

— Mais non, pas du tout. Tu me fais mal, là.

Joaquim serre de plus en plus. Il a la rage.

— Mais fi, je fais que tu l'aimes, mon frérot. Allez, dis que tu l'aimes ou fe t'arrafe la tête !

Il appuie vachement sur le cou de Kevin en disant ça.

— Non, je veux pas dire ça.

— T'es oblifé, finon fe te tue.

Il appuie carrément. Kevin devient bleu.

— OK, OK, je l'aime, je l'aime.

— F'est bien. Maintenant, embraffe-le.

Il lâche le cou de Kevin, le tire par les cheveux pour l'approcher de Julien. Les deux visages se touchent presque. Julien n'est pas là. Il fixe le mur. Son regard est vide.

Joaquim pousse la tête de Kevin vers les lèvres de Julien pour qu'ils s'embrassent. Comme des pantins, les deux garçons s'effleurent du bout des lèvres. Satisfait, Joaquim lâche les cheveux de Kevin et tend sa main vers une des canettes de Coca. Kevin voit ça, il bondit et mord Joaquim là où il peut. Il atteint finalement le visage. Joaquim crie de douleur. La canette se renverse. C'est terminé. Kevin a signé son arrêt de mort.

Tous les J. sortent dans la cour. Joaquim attrape Kevin par le col de sa veste et le traîne au sol. Julien les suit, en silence. Il devine ce qui va arriver, mais il ne peut rien faire. En présence de ses frères, il ne peut ni parler ni bouger. Jamais. Comme s'il était touché par un maléfice. Ils pataugent tous dans une boue épaisse. Ils se cachent derrière le mur de la cour et c'est la baston. Une victime et plusieurs bourreaux. C'est le scénario. Ils le rouent de coups dans une sorte d'osmose fraternelle. Puis c'est fini.

Julien s'est caché derrière l'angle du mur. Il ne veut rien voir, rien entendre. Il s'est bouché les oreilles. Comme un plongeur dans une eau sous-marine. En apnée. Rester dans son monde, se sentir protégé. Mais la réalité revient au galop et il sent que quelqu'un lui tape l'épaule. C'est Jean qui vient le chercher, pour qu'il voie le résultat.

Il n'y a pas de mots. Julien n'a pas les mots pour décrire ce qu'il voit. Il a la nausée, il vomit et il pleure. Il est submergé par la tristesse et le regret. On reconnaît à peine Kevin, totalement défiguré. Les J. ne s'aperçoivent pas tout de suite qu'il est mort. Mais, au bout d'un moment, quand même, Jean se décide à chercher le pouls de ce corps qui n'est plus un corps. À sa moue dégoûtée, les autres comprennent alors. Ils se tournent vers leur chef. « Maintenant, il faut fe débarraffer du corps », dit Joaquim, très simplement.

Ils se croient dans un film. Ils imaginent différents moyens de s'y prendre. Comment faire au plus simple, au plus efficace ? Il faudrait le brûler, le couper en morceaux et le jeter dans un lac, ou bien le mettre dans de l'acide. Il y a plein de solutions. Ils optent pour la carbonisation.

Comme dans un jeu, ils tirent au sort celui qui le fera disparaître.

Julien pleure. Il ne peut plus se contrôler. La ficelle dans la poche, il essaye de déplacer Kevin ou ce qu'il en reste. Mais il n'y arrive pas. Il n'en a pas la force. Un des J. lui apporte une brouette et lui dit : « Pleure pas, t'es pas une tapette, non ? » Julien s'en fout. Il n'entend plus que ses pleurs. Il réussit, dans un effort surhumain, à hisser le corps dans la brouette. Le clan des J. surveille la porte du père. Il n'y a personne.

Julien fait rouler la brouette devant lui. Il est dans le petit chemin, derrière la maison. Il fait encore beau. C'est la fin de la soirée. Le ciel a une couleur rose. Julien ne pleure plus. Il sait que ses frères le suivent de près. On lui a donné un bidon d'essence et un briquet. Il doit trouver un coin tranquille.

Julien éparpille l'essence sur le corps de son ami puis allume la flamme du briquet. Il jette cette flamme dans l'essence. Le corps prend feu. Les frères s'approchent comme hypnotisés par les flammes.

Julien remonte en courant le long du chemin. La nausée revient. Il ne peut compter que sur lui-même. Il s'est passé quelque chose de grave. Il doit agir. Appeler les flics. Même s'il a peur de ses frères. Mais c'est lui qui a brûlé le corps. Il sera complice. Julien s'en fout. Il essayera de trouver les mots, d'expliquer la folie de ses frères qui n'est pas sa folie à lui. Au lycée, ils savent que Kevin était son ami, qu'il ne lui aurait pas fait de mal. La peine lui arrache le cœur. Il court plus vite encore vers la grange. Là, il prend son vélo.

Julien pédale à toute berzingue jusqu'au village. Il fonce chez les flics. Il manque d'être renversé par une voiture, de se prendre un arbre et un chien en laisse. Il laisse tomber son vélo devant le poste et court à l'accueil. Une policière le voit arriver. Julien n'a pas l'air bien. Il est en sueur. Il a le regard fou et tient dans sa main un bout de ficelle. Il ne sait pas par où commencer. Elle lui dit calmement : « Assieds-toi, tu vas tout m'expliquer. N'aie pas peur : je te protège. »

Le compagnon venu d'Asie

Antonin Bernard

Depuis quelques années, je partageais ma vie avec un compagnon venu d'Asie. Malheureusement, un accident nous a éloignés. Je le regrette amèrement et reconnais sans honte que je ne sais plus comment mener ma vie sans lui. Sa dévotion, son talent, l'exactitude avec laquelle il m'aidait me satisfaisaient pleinement. Il s'agissait d'un Coréen, contrairement à ses prédécesseurs qui, eux, étaient d'origine japonaise. Car oui, il y en a eu deux avant lui.

Avec le premier Japonais, les choses avaient plutôt mal démarré. Je n'étais pas à l'aise avec cette présence nouvelle dans ma vie. Au mieux, je ne lui demandais pas grand-chose, au pire je trouvais sa manière de me suivre continuellement intrusive et inutile. En d'autres termes, je ne comprenais pas pourquoi tant de personnes me recommandaient chaudement de m'encombrer d'un pareil séide. Mais le temps passant, il eut l'occasion de révéler tout son potentiel.

Si je lui demandais de prendre en note quelque chose d'important, il le faisait et surtout, contrairement à moi, ne l'oubliait pas. Sa mémoire était extraordinaire, il ne se trompait jamais et entre autres capacités, c'était un génie des mathématiques. Je pourrais encore le remercier aujourd'hui pour l'aide cruciale qu'il m'a apportée quand je m'embrouillais dans mes relevés de comptes.

Mais s'il y avait bien une chose à laquelle je ne m'étais pas attendu, c'était de trouver en lui le meilleur des compagnons de jeu. Sous son aspect élégant et professionnel, c'était un bon boute-en-train, toujours prêt à me proposer de nouvelles distractions. Jamais il ne bronchait, et je ne me souviens pas l'avoir entendu se plaindre. Il pouvait très bien jouer avec moi plusieurs heures d'affilée, les jours où travailler ne me disait trop rien.

Malheureusement, un beau jour, alors que rien ne le laissait présager, une mauvaise chute le rendit invalide. Nos chemins se séparèrent. Même si une certaine culpabilité m'envahissait, j'étais devenu trop dépendant de sa compagnie. Alors, je me mis en quête de quelqu'un pouvant le remplacer.

J'ai rencontré un autre Japonais qui lui ressemblait beaucoup. Il avait le même nom, ce qui n'est pas rare chez les Asiatiques. J'espérais qu'il comblerait le vide laissé par son prédécesseur. Je me trompais.

Il était moins précis, moins agréable. Sa seule silhouette, assez inélégante, disgracieuse même, suggérait un déséquilibre. Il était lent, travaillait moins longtemps, et ne comprenait pas toujours ce qu'on lui disait. Un jour, j'en eus assez de cette mascarade. À l'évidence, il ne correspondait pas à ce que je recherchais, et je décidai de mettre un terme à cette relation.

Mes recherches reprirent et, comme vous le savez déjà, je ne fus pas déçu. J'ai rencontré mon compagnon coréen et je dirais qu'en termes de qualités personnelles et de ce que pouvaient m'apporter leurs présences, le premier Japonais et le Coréen se valaient. Bien sûr, il y avait des différences de style, peut-être en raison de leur origine, mais chacun était impeccable à sa manière.

Hélas, comme je le disais, les aléas de la vie m'ont privé, encore une fois, de cette compagnie. Il est parti dans un avion, dont j'ignore la destination, pour aller loin, très loin, sans espoir de retour. Amer, après avoir poussé un long soupir, j'ai du me rendre à l'évidence. Je dois racheter un autre téléphone.

À HUIS CLOS

Élodie Tanda

Certains moments marquent plus que d'autres.

Lorsque 10 h 15 sonnait, on avait l'habitude de se retrouver devant ma classe pour passer notre temps ensemble, à jouer et se raconter des blagues.

Un jour, il m'a rapporté un collier identique à celui qu'il portait. Sans même me dire pourquoi ni comment, ni même où, il m'a fait promettre qu'on se retrouverait dans dix ans. Depuis, je porte son collier à mon cou. Et aujourd'hui, je ne fais que scruter les personnes dans la rue, me demandant à quoi il peut ressembler et essayant de trouver les traits de son visage en chaque passant. Mais, en dix ans, on change tellement !

Hier soir, je me suis posée devant le miroir avec beaucoup de questions en tête. J'avais sa phrase qui me revenait en boucle quand je suis allée me coucher.

Le réveil a été difficile. Je ressentais l'envie de prendre l'air. J'ai marché au hasard et je me suis retrouvée devant mon ancienne école. Rien n'avait changé. La cloche s'est mise à sonner et les élèves sont entrés en classe. Cette vue a toujours eu le don de m'apaiser. Malgré cela, j'ai continué ma promenade, un peu préoccupée, tout en passant mes doigts sur mon collier. Arrivée dans un parc, je me suis assise quelques heures. La musique de mes écouteurs s'associait aux bruits extérieurs et les cris des enfants se sont peu à peu estompés. J'ai passé ma matinée à réfléchir et à rêver, et voilà qu'elle se termine déjà. Je décide de rentrer chez moi.

Un homme est immobile devant ma porte. J'hésite à m'approcher, mais, lorsqu'il se retourne, je reconnais aussitôt son collier, puis son visage. Les premiers échanges sont timides et sont bientôt interrompus par les gargouillements inopinés de mon ventre. Cela me gêne un peu, mais il éclate aussitôt de rire et en profite pour m'inviter à manger quelque part.

J'accepte, bien sûr.

Je désespérais de passer du temps avec lui.

Je tripote encore mon collier. On s'installe l'un en face de l'autre à la terrasse d'un bar restaurant ; derrière lui, un petit jardin duquel se dégagent les rires des enfants. L'atmosphère se détend et les conversations s'enchaînent. Alors que mes yeux tentent de se concentrer sur les mouvements de ses lèvres, ils redescendent mécaniquement sur son collier. Je suis un peu absente, mes pensées sont figées dix ans en arrière, malgré l'occasion évidente d'avancer vers autre chose.

Je scrute son visage et remarque à quel point il a changé. Pourtant, son collier me rappelle le petit garçon qu'il était. Je ne parviens pas à accorder ces deux images. Ces retrouvailles ne sont pas telles que je les avais imaginées. Je me contente de répondre à ses questions quand il m'interroge.

Le moment de se quitter arrive. Avant de lui dire au revoir, je détache mon collier et je le lui rends. Je n'ai pas de mots pour expliquer mon geste. Je m'éloigne en silence, lâchement, la tête et le cœur vides.

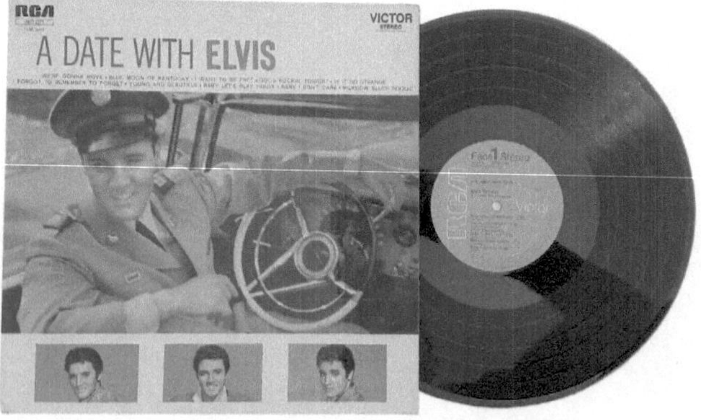
RCA
VICTOR
STEREO
A DATE WITH ELVIS

Jeanne Voleuse

Coline Gilbert

Je m'appelle Jeanne. Je suis née juste avant la fin de la Seconde Guerre, le 5 août 1945 à 23 h 59. La veille du jour où ils ont largué une grosse bombe sur les Japonais. Je ne m'en souviens pas, bien sûr. Mes petits yeux n'avaient même pas eu le temps de s'adapter à la clarté du jour. Je dormais sur le sein de ma mère. Mon petit frère était jaloux.

Quand j'ai eu huit ans, mes parents m'ont raconté la bombe. Ils me disaient : « Les gens sont morts brûlés, étranglés par la cendre et les autres... et les autres, haaa... ils ont été radioactivés. » Je ne comprenais pas bien ce que ça signifiait, le terme « radioactiver », alors je suis allée voir Riton, enfin, Henri, un gamin qui était un peu plus âgé que moi. Je lui ai demandé ce que ça voulait dire. Il m'a répondu, tout fier : « C'est quand les gens deviennent phosphorescents la nuit et qu'ils perdent leurs dents, leurs cheveux et tout ! » Et en même temps, il faisait mine de s'arracher des touffes de cheveux et se tenait les dents comme si elles allaient tomber. Ça me dégoûtait. Je n'aimais pas beaucoup Riton, mais j'étais un peu obligée de traîner avec lui. À cette époque, mes parents étaient ouvriers agricoles et travaillaient pour les parents d'Henri. Et ils voulaient que tout se passe bien.

« Mais c'est quoi qui radioactive et qui transforme les gens en lucioles ? » J'étais curieuse. Riton m'a dit : « Bah, c'est la Bombe atomique ! » Il a écarté ses mains. « Elle doit faire à peu près cette taille-là ». D'accord, la taille du plus gros poisson que mon père avait jamais pêché dans l'étang d'à côté. Un bon mètre. « Mais comment c'est possible qu'un machin comme ça fasse autant de mal ? » Riton m'a dit : « Bah, c'est simple, ils ont mis plein de produits dedans, des explosifs et d'autres trucs. » Il ne savait pas vraiment. Il faut dire qu'il n'avait que dix ans. Et même s'il frimait en prétendant connaître plus de choses que moi, il n'en savait pas tant que ça, au final.

Mais Henri, avec sa fougue habituelle, a ajouté une chose qui m'a marquée au fer rouge et qui n'a pas cessé de m'obséder par la suite. « La Bombe atomique, elle est super protégée par l'armée américaine et c'est le président des États-Unis qui a un bouton et qui peut appuyer dessus pour la larguer. » Je me suis approchée de Riton, piquée au vif. Il a continué : « Personne ne peut y avoir accès. Personne ne peut la voler, ni même la toucher, ni même la voir de près ». Dans ma tête, les idées fusaient, ça chauffait, ça allait à mille à l'heure. Moi, petite fille de huit ans, je me suis alors dit que j'allais la voler, cette bombe, pour qu'elle ne fasse plus jamais du mal aux gens.

J'ai toujours aimé voler. De tout. Des objets inutiles, des pacotilles, des bibelots, des petits chats en porcelaine, des bagues en plastiques, des kilts écossais, des sandales colorées pleines de sables, des boutons de manchette, des disques de Henri Salvador ou de Charles Trenet. La liste n'a jamais cessé de s'allonger. Je volais tout ce qui attirait mon regard, tout ce que je trouvais beau. J'ai développé ma technique. Je me cachais et j'attendais, tapie dans l'ombre, que le propriétaire s'éloigne pour passer à l'action. Le cœur battant, je goûtais alors le mélange du plaisir coupable et de l'envie d'être découverte. Personne ne m'a jamais démasquée. C'est peut-être dommage.

J'aimais aussi l'idée qu'un objet qui appartenait à une personne que j'aimais, que j'admirais, se retrouve dans ma poche l'instant d'après. Car, je volais souvent des objets aux personnes qui avaient de l'intérêt à mes yeux. Ça n'était pas vraiment du vol. Plutôt une sorte d'hommage. Tout excitée après l'avoir volé, je rapportais l'objet dans ma chambre et le cachais sous mon lit.

C'est devenu une habitude. Adolescente, j'ai commencé à me considérer comme une artiste. Car je volais des objets de toutes tailles et de toutes formes, sans trop me soucier de leur valeur. J'étais discrète, furtive, malicieuse. Plutôt douée, en fin de compte.

Ma toute première victime, ça avait été mon voisin Victor. Il avait à peu près mon âge, sept ans, à l'époque. Son père bossait alors comme livreur pour l'usine Flamens, expert en importation de produits américains près de Beaumont-sur-Oise. Quand il rentrait le soir, il rapportait des cigarettes Marlboro pour sa femme, des chewing-gums et des bouteilles de Coca pour ses fils. Elles étaient belles ces bouteilles. Toutes en verre. Mes parents ne voulaient pas m'en acheter. Ils disaient : « On ne veut pas de ça à la maison. Ça contient plein de mauvaises choses. » Je voulais me faire mon propre avis.

Victor était fier de sa collection. Il en avait plus d'une centaine qu'il entreposait sur une étagère au-dessus de son lit. Un jour, alors qu'il était parti demander un verre de lait à sa mère, je me suis hissée sur la pointe des pieds pour regarder sa collection de plus près. Délicatement, j'ai pris une bouteille entre mes mains, la première qui se présentait, et je l'ai cachée sous mon pull. J'ai senti la fraîcheur du verre sur ma peau. J'étais heureuse et je tremblais à l'idée de me faire prendre. J'adorais ça. Mais j'avais fait une erreur. Sur l'étagère, la bouteille manquante laissait un trou béant dans la collection de Victor et ça se voyait à des kilomètres. Victor n'était peut-être pas très malin, mais il allait forcément le remarquer. Paniquée, je me suis à nouveau hissée sur la pointe des pieds et j'ai réorganisé les bouteilles tant bien que mal, pour que le trou ne soit plus visible. J'espérais seulement qu'il ne les avait pas numérotées. J'avais tout juste terminé quand il est revenu dans la chambre. Mon premier coup était un succès.

Ensuite, ça a été le tour de l'album préféré de ma mère, *A Date With Elvis*. Un *best-of* de 1959. On y voyait trois petits portraits de l'artiste sur des fonds colorés en bleu, en orange, et en rouge, et une photo principale sur laquelle Elvis posait, en tenue militaire, au volant d'une voiture pleine de chrome. Ma mère disait que le gouvernement américain l'avait envoyé faire son service militaire en Allemagne parce qu'il avait une mauvaise influence sur les jeunes Américains. À l'époque, elle écoutait « Good Rockin Tonight » sur le transistor de la cuisine. Longtemps, j'ai gardé l'album sous mon lit. C'était un trophée pour moi.

À partir de mes quatorze ans, j'ai commencé à prendre de l'assurance et à enchaîner les larcins. Lors d'un bal du village, j'ai volé les boutons de manchette, le peigne et la gomina de mon premier amour, Tino. Il avait trois ans de plus que moi et un léger strabisme que je trouvais charmant. Sa mère l'avait appelé Tino, car elle prétendait avoir couché avec le chanteur Tino Rossi, lors du tournage du film *Fièvres,* en 1941. Elle disait même : « Sa chanson, *Maria,* elle m'est destinée, les enfants. » Parce que la mère de Tino s'appelait Maria. L'histoire s'est corsée quand elle a eu deux autres garçons, les frères de Tino, qu'elle a appelé Cary et John, en hommage à leurs pères respectifs Cary Grant et

John Wayne. Le problème, c'est que Maria n'avait jamais mis les pieds aux États-Unis et que Cary et John étaient jumeaux. La vérité, c'est que la mère de Tino était complètement folle. Ça rendait Tino triste. Pour se changer les idées, il allait au garage bricoler sa bécane. Il adorait sa moto et, là encore, sur ce terrain, je le volais. Sous mon lit s'amoncelaient des pièces mécaniques usées, des buses, des bielles, des boulons, un guidon et, même, le carter d'un moteur.

Et puis le temps a passé.

* * *

« Ma grand-mère a toujours eu la passion du vol. », a déclaré Christopher aux policiers. « Elle chipait de tout et de rien, mais quelque chose la préoccupait ces derniers temps et je suis le seul de la famille à avoir compris. Oui, à la fin de sa vie, une idée s'est imposée dans l'esprit de Mamie. »

* * *

Jeanne et Billy sortent du bar. Le soleil tape fort. Jeanne prend le bras de Billy pour traverser la route. Un simple réflexe, car la zone est déserte à perte de vue. Avec son costume noir et ses lunettes de soleil, Billy ressemble à un espion de la CIA. Ce qui est drôle, c'est que c'est vraiment un espion de la CIA.

Le nouveau *single* de Beyoncé fait vibrer les vitres poussiéreuses du bar qu'ils viennent de quitter. Derrière le comptoir, Jordi se demande ce que ce drôle de couple est venu faire dans ce trou perdu. Zone 51, c'est le dernier bar avant la fin du monde. Un drôle d'endroit pour cette vieille dame à l'accent français. Quant au grincheux en costume, c'est peut-être son garde du corps… « Encore une qui se prend pour la reine d'Angleterre ! » Jordi crache dans l'évier. Un peu de sarcasme n'a jamais tué personne. Si ça se trouve, ils viennent bosser sur la bombe atomique, Marie Curie et son toutou. Parfois, elle entend des détonations et sent des tremblements de terre. C'est les bombes qu'on teste juste à côté. Les bouteilles de bière explosent sous les vibrations. Non, c'est pas une ambiance pour une jeune femme. Par moment, Jordi a envie de se tuer. Pan ! Un bon coup de fusil dans la bidoche, comme Van Gogh. Le seul artiste qu'elle connaît, depuis qu'elle a reçu une carte postale avec *Les Tournesols* dessus. Carte postale envoyée de Paris par un de ses ex qui lui avait écrit avec tendresse : « Ma chérie Jordi, j'ai rencontré une autre femme. Je ne rentrerai pas, alors arrête de me harceler. Le mieux, ça serait que tu te suicides comme cet abruti de Van Gogh, d'un coup de fusil dans le bide. Signé : Toto. » Mauvais souvenir, une larme coule sur la joue de la petite femme. Elle espère secrètement que la mamie et le pirate vont faire péter la zone. Ce qu'elle espère surtout, c'est qu'un homme entrera dans ce bar, qu'il la prendra par la main et qu'il l'emmènera loin, loin de ce trou à rat. Son regard s'arrête sur le petit jeune assis sur une des banquettes. Tout à l'heure, il parlait avec Mamie chelou. Jordi le trouve mignon.

Elle ne sait pas qu'il s'agit de Christopher, le petit fils de Jeanne Voleuse, la vieille dame qui vient de quitter son café. Jordi ignore le rôle de Christopher dans ce qui est en train de se jouer.

Au début, Christopher n'avait pas compris l'obsession de sa grand-mère pour la bombe ni son obstination à vouloir se rendre aux States. C'est en parlant avec elle qu'il a fini par reconstituer le puzzle, depuis la promesse que Jeanne s'était faite à huit ans, face à Henri. Les obsessions sont coriaces. Elles reviennent vous hanter de manière inattendue. Christopher s'est débrouillé pour obtenir les faux passeports. Depuis qu'ils sont là, Mamie ne s'appelle plus Jeanne, mais Ève Curie, la fille de Marie Curie. Une vieille dame curieuse et nostalgique qui revient sur les traces de sa mère disparue et qui a très envie de voir le résultat de ses recherches, de près. Christopher a un passé de petit délinquant. Dans l'esprit de ses parents, ce voyage avec grand-mère aux States était censé le faire réfléchir et le remettre dans le droit chemin. Ha, ha !

Quant à Billy, ils l'ont rencontré à Las Vegas. Il a perdu une grosse somme contre eux au poker. Il la rembourse en les aidant. Leur gros coup de chance, c'est que Billy bosse pour de vrai à la CIA. Ses supérieurs l'apprécient. Il fait du bon boulot depuis des années.

Dans le scénario qu'ils ont imaginé, Christopher est un marchand de glace. Le plan est le suivant : Chris entrera dans la base militaire avec son camion à glaces. Ils sont certains qu'on le laissera passer, il fait chaud dans le désert du Nevada et on sait tous que les scientifiques américains sont accros aux glaces à la myrtille. C'est écrit dans des études.

Tous les scientifiques se précipiteront aussitôt vers le camion ambulant de Chris et une queue s'amassera devant le véhicule. Par conséquent, il n'y aura plus personne dans le centre. C'est là que Mamie et Billy entreront en jeu. Munis d'un diable, ils s'infiltreront dans le bâtiment et en extirperont la dernière bombe atomique sur lequel les scientifiques travaillent. D'après ce que Billy en sait, elle a une puissance équivalente à dix mille tonnes de TNT. Autant dire qu'il ne faudra pas trop la remuer. Ils feront attention, Jeanne et Billy. Ils éviteront de la cogner contre les murs du couloir.

Les scientifiques lèchent la glace, ils se délectent de cette fraîcheur. Ils n'entendent pas l'alarme retentir. Ils ne voient pas les deux voleurs sortir du bâtiment, la bombe sur le diable. Eux, ils marchent tranquillement, au pas d'une vieille dame de 90 ans. Ils ont caché la bombe sous une couverture. Ils réussissent à sortir de la base sans être inquiétés. Billy appelle Chris sur son téléphone. Ils l'attendent au coin de la rue. Chris range la glace et reprend le volant. Les scientifiques se sentent encore sur des petits nuages. Chris sort de la zone plein gaz pour rejoindre sa grand-mère et l'espion de la CIA. Il embarque la bombe à l'arrière du camion. Jeanne et Billy montent devant. Chris allume la radio. On y passe du Elvis. Jeanne a un grand sourire. Billy est heureux d'avoir remboursé sa dette. Chris se dit qu'il a servi à quelque chose en faisant cette bonne action. Ils repassent devant le bar et Jordi les regarde en lavant ses verres, sans se douter de rien.

C'est comme ça que ça doit se passer.

Si tout va bien.

Après l'orage

Léa Bourcier

J'ai saisi mon appareil photo, surprise par la beauté de l'image et par la sensation d'acuité nouvelle qu'elle procurait. Il y a de ces instants fragiles qui vous marquent par leur grâce et que l'on voudrait préserver à jamais. Des instants qui font oublier les chemins rocailleux trop souvent parcourus et qui justifient soudain le voyage accompli. J'ai retiré la capsule de l'objectif et glissé mon regard à travers l'ouverture. Le paysage majestueux m'apparut dans sa version réduite par la magie de l'optique. Quel ISO choisir ? Et quel temps d'exposition ?

Je m'y suis reprise à plusieurs fois, observant tour à tour la miniature et l'appareil, tapotant les boutons, glissant la petite roulette sous mes doigts. J'ai senti que j'étais prête et j'ai campé sur ma position. D'un geste léger, j'ai choisi la focale à l'instinct. La douce lumière du soir filait entre les arbres, avant de glisser, éclatante et joyeuse, sur les bords de la rue tranquille. J'ai pressé le déclencheur et pris quelques clichés, absorbée par mon travail. Au bout de la rue, je pouvais voir la cathédrale s'élever, tendue vers le ciel. J'ai zoomé sur elle et au moment précis où le vertige m'a saisie, j'ai pris un autre cliché. J'étais contente de ces images.

J'ai rangé mon appareil. Je n'aime pas rester longtemps sur une photo. Absorbée par la technique, on en oublie presque de vivre l'instant. La lune était sortie, son quartier opale déjà visible dans le ciel bleu. Quelqu'un est passé au loin et, trouvant soudain ma position ridicule, j'ai remonté la rue, longtemps, jusqu'à trouver un café confortable.

Une fois assise, j'ai repensé aux semaines qui s'étaient écoulées depuis mon emménagement. J'étais en veine ces temps-ci, j'avais mûri et mes choix étaient plus réfléchis. Après les égarements précédents, cela relevait de l'exploit. Ce chemin s'était avéré rocailleux.

Il m'avait fallu du travail et une bonne dose d'enthousiasme pour atteindre les buts fixés. J'avais du rompre nombre de mes relations néfastes pour m'accomplir enfin. Et voilà que je vivais seule, comme je l'avais longtemps rêvé. En songeant au chemin parcouru, je n'ai pu m'empêcher de repenser au passé. Les violences que j'avais subies remontaient parfois le fil de mes pensées, essayant d'occuper l'espace intérieur que je tentais de reconstruire. Mais les orages étaient passés et aujourd'hui les monstres étaient loin.

J'ai ressorti mon appareil et, à travers les clichés enregistrés, j'ai remonté le fil des jours passés. Je n'avais pas pris beaucoup de photos ces derniers temps. Était-ce de peur de déranger ou par crainte de devoir effacer les moins réussies ? Il était rare que j'y apparaisse et elles comptaient bien peu de personnes. Je m'étais attachée aux décors, aux beautés inanimées croisées sur mon chemin, aux paysages, aux ambiances. J'avais tout de même accompli une série de portraits qui s'avéraient saisissants. Il m'arrivait de m'attacher à une image, impatiente de la faire tirer, avec l'envie de vivre auprès d'elle, de l'accrocher sur un mur, de la faire exister dans le cadre lisse et mat des photos développées.

J'ai rangé l'appareil et j'ai fermé les yeux. Le soleil caressait timidement ma peau à travers la vitre du bistrot. Il était temps d'aller de l'avant, mais j'envisageais l'avenir avec une certaine inquiétude. Je ne savais pas encore reconnaître le bonheur qui s'épanouissait en moi.

Demain s'annonçait.

Une endive et un balai

Leslie Mondesir

C'était un dimanche après-midi. Quelque chose m'avait réveillée de ma sieste et j'entendais à présent d'étranges bruits provenant de l'extérieur de ma chambre. J'enfilai mes pantoufles et me dirigeai vers la salle à manger à pas prudents.

Au beau milieu de l'escalier, une ombre sortit du sol en ondulant lentement.

Ce n'était pas l'ombre d'un humain. Elle faisait plutôt penser à un petit monstre ordinaire : pas plus de vingt centimètres de long, avec des pattes griffues. La tête était pourvue de moustaches, sans doute pour lui permettre de s'orienter dans l'obscurité. Le cœur battant, je fis demi-tour et repartis à toute vitesse dans ma chambre.

L'un des membres de ma famille s'était-il transformé en monstre ? Et où étaient les autres ? La chose les avait-elle dévorés ? Impossible, me dis-je, je les aurais entendu crier. Ils étaient sans doute partis chez des amis. Non, décidément, je ne pouvais pas croire à l'idée d'un massacre.

Retrouvant mon courage, je pris la cape rouge qui gisait sur mon lit et la nouai autour de mon cou. Puis j'allais dans le débarras et m'équipai d'un balai. Une fois armée et prête à en découdre, je redescendis et me postai en observation derrière la porte de la cuisine. Abasourdie, je constatai qu'une armée d'ombres dansait sur les murs.

Mes mains moites crispées sur le balai, prête à surgir et à fondre sur l'ennemi, je fis un pas en avant. La porte du frigidaire était grande ouverte, distribuant une lumière bleuâtre dans la pièce. En découvrant ce qui s'y passait, je laissai mon balai tomber au sol, totalement désemparée. Des légumes sortaient du frigo, un par un, avant de sauter sur la planche à découper où un couteau les tranchait en rondelles. Dans l'évier, l'éponge de cuisine récurait frénétiquement la vaisselle. Tous les objets s'agitaient au rythme de l'étrange musique que diffusait la télévision.

Rien d'autre en vue.

Je récupérai mon balai et repartis vers la salle de bain pour me débarbouiller le visage.

Un monstre à moustache avec des griffes, des ustensiles dansants… Qu'est-ce que tout cela voulait dire ?

Je m'essuyai les mains et tentai de récupérer mes esprits. Après quelques profondes inspirations, je me dirigeai vers le salon.

Tout était calme. La télévision était éteinte. Avais-je halluciné ?

Un bruit de mastication rompit alors le lourd silence qui écrasait la maison. Curieuse et courageuse comme je suis, je fis quelque pas sur la pointe des pieds, me baissai et me dirigeai à quatre pattes en direction de la table du salon sous laquelle je me cachai aussitôt. Puis, balai tendu et prête à frapper, je m'approchai du bruit étrange.

Je me retrouvai nez à nez avec mon cochon d'Inde qui était en train de manger une endive dans une assiette remplie d'autres légumes coupés en morceaux. Il me sembla même qu'il me faisait un clin d'œil. Confuse, je me demandai si tout cela n'était pas le fruit de mon imagination. Ne sachant quoi faire, je remis le balai dans le débarras, la cape dans l'armoire, et je me glissai dans mon lit. Le sommeil fit le reste.

La corde magique

Morgane Gruber

De toute sa vie, Jimmy n'avait jamais parlé. Peut-être parce qu'il gardait un secret. Jimmy jouait de la guitare en cachette. Dès qu'il sortait de l'école, il allait chercher son instrument sous l'étal du marchand de fruits et légumes. C'était la seule chose de valeur qui lui restait de ses parents.

Jimmy vivait avec son grand-père. Il n'avait jamais eu beaucoup d'amis de son âge. Les gens disaient de lui qu'il était timide. Il aimait se cacher à l'ombre du saule près de la rivière, à la sortie du village, pour ne pas être dérangé lorsqu'il jouait sa musique. La rivière, la forêt alentour et les animaux composaient son public. Il n'avait jamais pris de cours et n'avait pas de partitions.

Les saisons défilèrent ainsi et Jimmy grandissait.

Alors qu'un hiver particulièrement froid arrivait à sa fin, une caravane traversa le pays pour y échanger des vivres et des babioles. C'était la première fois que Jimmy voyait autant d'étrangers. Des familles entières, des soldats, des marchands, un cuisinier…

Ce jour-là, Jimmy eut du mal à se frayer un chemin pour aller récupérer sa guitare. Lorsqu'il y parvint enfin, il fonça vers la rivière, impatient de s'isoler. Il s'arrêta pourtant à mi-chemin, intrigué par les sons qui provenaient à présent du village. Comme lui, tous les oiseaux firent silence, fascinés par la mélodie sublime qui glissait dans l'air parfumé du printemps. Qui pouvait jouer ainsi ? Qui osait s'emparer de la seule chose que Jimmy savait faire mieux que les autres ?

Il sortit de son engourdissement, attrapa sa guitare et courut vers la source mélodieuse.

Plus il courait, plus la musique lui emplissait la tête. Et son cœur lui-même s'était mis à battre au rythme des notes joyeuses. Il s'arrêta un instant à l'orée des arbres, effrayé de découvrir quelqu'un qui pouvait jouer mieux que lui. Mais il ne tarda pas à se ressaisir et déboula finalement comme un diable sur la place du marché, prêt à se battre, s'il le fallait.

Le village était immobile. Ceux qui étaient chez eux avaient ouvert leurs fenêtres pour s'y accouder. Les paysans, leurs outils encore en main, avaient quitté les champs pour rejoindre la place et le boucher, pourtant connu pour son mauvais caractère, avait, lui aussi, quitté sa boutique afin de se mêler à la foule. Les enfants avaient cessé de courir et s'étaient assis en cercle autour du prodige que Jimmy découvrait enfin.

Il s'appelait Mika et faisait partie de la caravane de voyageurs. Il n'était pas bien grand. Pas non plus très gros. Et pas particulièrement beau. Mais il jouait de la guitare divinement. À son tour, Jimmy fut emporté par l'enchantement qui avait saisi le village. Il ferma les yeux. Une torpeur rassurante et chaleureuse s'empara de lui. Il ne sentait même pas ses paupières tomber. Les accords le pénétraient. Il resta immobile pendant des heures.

Les gens qui l'entouraient repartirent bientôt à leurs tâches, ceux des maisons refermèrent leurs fenêtres, la plupart des enfants recommencèrent à courir.

« Approchez-vous ! », cria Mika.

Jimmy ne bougea pas.

« Comment tu as fait pour devenir si bon ? », demanda une fillette qui s'était attardée avec quelques autres.

« J'ai beaucoup travaillé et voyagé partout », répondit Mika.

Puis, remarquant la guitare que Jimmy tentait de cacher derrière lui, il ajouta.

« Les enfants, écoutez bien. Une légende dit que quelque part cachée au fin fond des montagnes se trouve une corde de guitare magique. »

« Quelles montagnes ? », demanda la fillette curieuse.

« Celles qui se trouvent au nord. »

Se tournant, vers Jimmy, encore tout étourdi, Mika fit un clin d'œil et ajouta :

« La personne qui trouvera cette corde de guitare saura jouer à la perfection. Il se trouve que, dans peu de temps, nous passerons près des montagnes du nord avec notre caravane. »

Ce soir-là, Jimmy avait la tête en ébullition. Tout à ses idées, il mangea à peine et, en se mettant au lit, il avait pris sa décision.

Plus tard dans la nuit, il se leva et prépara un petit baluchon avec des vêtements, une couverture et sa guitare. Il laissa un petit mot à son grand-père et se faufila sans bruit dans la nuit, grimpa dans un chariot et se cacha dans l'une des malles qui accompagnaient la caravane. Lorsque l'aube se leva enfin, les chariots des itinérants se mirent en mouvement. Jimmy partait.

Pendant le voyage, il se nourrit en cachette des restes encore chauds que les uns et les autres laissaient de leurs repas. Chaque soir, depuis le fond de sa malle, il écoutait Mika jouer de la guitare. Lorsque la caravane s'arrêtait dans les villages, Jimmy s'éloignait discrètement pour répéter les morceaux qu'il avait entendus. Il vécut deux semaines de la sorte et, un matin, comme Mika l'avait prédit, la caravane passa à quelques kilomètres des fameuses montagnes du nord. Voyant leurs sommets neigeux, Jimmy sauta du chariot et rejoignit la rivière.

Il lui suffisait de suivre le fil de l'eau pour remonter jusqu'aux montagnes et, il l'espérait, trouver la corde magique.

Après quelques jours de marche, alors que le chemin se faisait de plus en plus pentu, il parvint dans une vallée fleurie où s'abritait un étrange petit bâtiment de bois à la devanture colorée. Était-ce une épicerie ? Il entra et découvrit une pièce aux dimensions considérables, emplie de centaines d'étagères et de tiroirs. Un carillon retentit lorsqu'il franchit la porte et une voix juvénile jaillit aussitôt d'un recoin encombré :

« Bonjour et bienvenue au Bazar du Monde, que puis-je faire pour vous ? »

Une fille de son âge fut bientôt devant lui. « Vous cherchez quelque chose ? », demanda-t-elle. Jimmy haussa les épaules. « Je sais ce qu'il vous faut ! », dit-elle avec un sourire charmant. Elle ouvrit un placard et en sortit quelque chose qu'elle lui rapporta : c'était un timbre. Jimmy secoua la tête à gauche et à droite.

« Alors ça doit être ça ! », dit-elle avant de lui sortir un cahier d'un tiroir sous le comptoir. Jimmy secoua à nouveau la tête. Sans se décourager, la jeune fille lui ramena une fiole d'eau de mer, un chapeau, un arrosoir… « J'ai tout ici ! Vous pouvez tout me demander ! » Elle souriait patiemment à chacun de ses refus.

Jimmy lui montra alors une corde de sa guitare.

« Ah ! J'ai ça ! » Elle ouvrit un tiroir tout à gauche et lui descendit un petit paquet qu'elle déballa. Jimmy observa l'objet et secoua encore la tête. « Elles ne vous plaisent pas ? » À présent, la jeune fille semblait embarrassée de ne pas pouvoir le satisfaire. « Je suis vraiment désolée. » Puis elle se confondit en excuses de toutes sortes, ne s'arrêtant plus de parler. Jimmy avait beau faire de grands signes et secouer la tête dans tous les sens, rien n'y faisait. Il prit alors sa guitare et commença à lui jouer un de ses airs préférés. Elle se tut et l'écouta. Pour la première fois, quelqu'un l'écoutait jouer.

« Tu joues vraiment bien », dit la jeune fille lorsqu'il eut terminé. Et lorsqu'il décida de repartir, elle lui donna une carte. « Au cas où tu voudrais revenir me jouer des airs de guitare. J'espère que la prochaine fois, j'aurai quelque chose qui t'intéressera ! » Puis elle lui glissa un petit ciseau d'argent dans la main. Jimmy la regarda, étonné. « Je pense que tu en auras besoin », dit-elle.

Jimmy hocha la tête et repartit vers les montagnes. Après de longues heures de marche, il arriva devant ce qui semblait être l'entrée d'une caverne. Il faisait sombre à l'intérieur et cela l'effraya, mais il y pénétra cependant. Plus il avançait, plus il avait peur. Lorsqu'une lueur apparût au fond de la grotte, il accéléra le pas. Alors qu'il s'approchait, des toiles d'araignées de plus en plus nombreuses lui barrèrent le chemin. Jimmy fit de grands gestes avec ses mains pour se frayer un passage.

Tout à côté de la lumière qu'il avait aperçue, il découvrit un fil d'araignée solitaire qui brillait plus fort que les autres. Il le saisit délicatement, mais le fil résista. Et même lorsqu'il tira de toutes ses forces, le fil refusa de se briser. Jimmy repensa alors au petit ciseau d'argent que lui avait offert la jeune fille du magasin. Il le sortit de sa poche et s'en servit pour rompre le fil. Une note d'une beauté sublime résonna dans la caverne et Jimmy fut aussitôt délivré de toute peur.

Il installa le fil sur sa guitare et commença à jouer. Sa voix se libéra. Il se mit à chanter et la montagne entière se réveilla aux sons enchanteurs qu'il produisait. Tous les animaux qui la peuplaient vinrent aux pieds de Jimmy et l'entourèrent, attentifs. Jimmy n'en revenait pas : il pouvait chanter ! Il n'éprouvait plus de honte à présent ! Les yeux fermés, baignant dans une torpeur agréable, il jouait, chantait et se sentait merveilleusement bien.

Quelque chose lui gratouilla la jambe. Il n'y prêta pas tout de suite attention, trop heureux d'entendre sa propre voix. Mais le chatouillement s'intensifia. Cela devait être une araignée… Sans cesser de jouer ni de chanter, Jimmy ouvrit les yeux pour chasser la bestiole.

C'est alors que Mika, le guitariste, acheva son solo. Jimmy était assis sur la place du village. Il ne l'avait jamais quittée. Il était absolument stupéfait : autour de lui, tout le monde le regardait et l'écoutait, et Jimmy chantait à en perdre haleine sur la musique de Mika. Il avait réellement retrouvé sa voix. Toutes ses peurs s'étaient évaporées. Son grand-père, lui aussi dans la foule, lui faisait de grands signes en souriant. Jimmy fut heureux comme jamais auparavant.

Quelques mois plus tard, il annonça son départ pour les montagnes. Il partait, disait-il, pour aller jouer de la guitare et chanter à l'intention d'une jeune fille qu'il avait rencontrée en rêve.

Dis-moi qui est la plus belle

Nafi Kane

Mon miroir a vu mes larmes sécher, quand je me suis disputée avec ma mère pour la énième fois ; et mon sourire béat, avant mon premier rendez-vous avec un homme. Il a vu mes élans de confiance quand je me trouvais jolie, et mes doutes quand j'échouais à mes examens. Face à mes tristesses et à mes joies, mes maladresses et mes mésaventures, ce miroir m'a toujours offert sa tendre complicité. Il est mon plus fidèle allié, au point d'avoir mérité un surnom : Mi-mi.

Au lycée j'étais « la narcissique », celle à qui personne ne voulait parler. Je n'ai jamais eu d'amis. C'est peut-être aussi bien, car personne ne comprendrait mon affection pour mon miroir. Ma mère dit que je suis avide de ma propre beauté. Elle est certainement jalouse de ma confiance en moi.

Chaque matin, avant de sortir, je prends soin de m'observer dans les moindres détails. Mi-mi est toujours bienveillant à mon égard. Il me connaît parfaitement, sans doute mieux que mes propres parents.

Tout bascule un lundi, à l'aube, alors que je suis sur le point de me rendre à mon cours de littérature anglaise. Le printemps s'annonce, la journée est radieuse. J'avale mon bol de céréales et enfile un manteau. Je jette un dernier coup d'œil à mon reflet et aperçois soudain une tache blanchâtre sur mon beau miroir, que je nettoie pourtant chaque jour. Agacée, j'attrape un mouchoir trempé pour arranger la situation. Je frotte, mais la tache résiste. Je frotte encore, un peu plus fort… et c'est le noir complet.

Quand j'ouvre les yeux, je suis affalée sur le sol du salon. Mais est-ce mon salon ? Plusieurs détails m'intriguent. J'observe les alentours, malgré la douleur qui me serre le crâne. Sur le canapé, un journal froissé porte la date du 1er mars 2004. Deux mille quatre ! Il y a quinze ans !

Je me dirige instinctivement vers ma chambre. Elle me donne le même sentiment d'étrangeté que le reste de la maison. J'y vois une petite fille aux traits fins, innocents, et semblables aux miens. Et je comprends alors. Cette fillette, c'est moi à l'âge de six ans. Elle ne semble pas prêter attention à ma présence. Alors je la regarde, tandis qu'elle joue à la poupée. Elle n'est pas fichue de rester en place et délaisse rapidement ses jouets pour porter son attention sur un grand miroir que sa mère lui a dit de ne jamais toucher. Je me souviens de ce jour-là. J'avais désobéi. Cet acte de rébellion m'avait valu une correction et une cicatrice sur le bras. Pour éviter que la fillette vive la même chose que moi, je cours vers elle et l'attrape avant qu'elle n'aille au bout de son geste. Et avant même que je ne puisse dire quoi que ce soit, c'est le noir complet.

Je me réveille dans mon lit avec un mal de crâne si intense qu'il me donne envie de hurler.

Ma respiration est saccadée et mon cœur bat à mille à l'heure. Je m'étire pour prendre de l'air. Sur mon bras, la cicatrice a disparu.

Depuis ce jour, je ne suis plus la même. Je n'ai jamais trouvé d'explication à ma mésaventure. Mon miroir n'a pas bougé de ma table de chevet. Il me contemple, toujours impassible et faussement bienveillant. Mais je ne m'assoirai jamais plus devant son reflet trompeur. Je me sens trahie.

Quoi qu'il m'en coûte, j'apprendrai à vivre sans lui, livrée à moi-même.

Ana y Jaspar

Salomé Le Louët

Ana l'avait reçu pour son septième anniversaire. Elle l'avait appelé Jaspar le Dragon, en raison de sa couleur verte et de ses écailles.

Un iguane, c'est un cadeau bien étrange pour une petite fille. Mais sa famille excentrique lui offrait toujours des objets incongrus dont sa maison était peuplée. Ici et là, du sol au plafond, sur chaque étagère, on trouvait toutes sortes d'artéfacts mystérieux aux couleurs bigarrées.

Ana se sentait étrangère au monde. Elle voyait bien qu'elle ne ressemblait pas aux autres enfants de son âge aux yeux desquelles elle passait pour maladroite et timide. Mais au fond d'elle, elle était fière de sa famille, fière de descendre d'une grande lignée de chamanes, même si cela lui causait parfois des tracas.

Son souci du jour, c'était l'apparence de Jaspar.

La journée avait bien commencé. À son réveil, comme chaque matin, l'odeur du café embaumait la maison. Elle avait recueilli ses rêves avec soin, comme il convient de le faire, et s'apprêtait, puisqu'on était samedi, à descendre au jardin pour y cueillir la sauge purificatrice. Lorsqu'elle rejoignit sa grand-mère dans la cuisine, celle-ci chantait joyeusement et semblait danser avec son balai. Ana savait que ce n'était que sa façon bien à elle de faire le ménage. Une fois dehors, Ana ne tarda pas à remarquer le comportement anormal de Jaspar. Il se traînait, honteux, entre les feuilles d'un eucalyptus qui ne le camouflait plus. Ses écailles d'un habituel vert de jaspe — auquel il devait son nom — étaient à présent grenat.

Alarmée, elle courut vers sa grand-mère « Mamá, mamá, regarde Jaspar ! », l'appela-t-elle à l'aide. Impassible, la vieille femme posa un regard sévère sur sa petite-fille. Ana lui tendit alors le bouquet de sauge qu'elle venait de cueillir, craignant une réprimande de son mentor. Après avoir purifié la maison à l'aide du bouquet fumant, selon la pratique rituelle, elles s'assirent toutes deux sur les chaises à bascule de la véranda.

« Ana, *mi niña* », lui dit sa grand-mère, « regarde, Jaspar lui-même a gardé son sang-froid. Tranquillise-toi. »

Elle se laissa apaiser par la voix profonde de son aïeule en laquelle elle avait une confiance absolue.

« Va donc chercher ton livre de sorts. Tu peux arranger ça toute seule », ajouta la vieille femme.

La mention du livre de sorts replongea Ana dans l'angoisse. Elle craignait de décevoir sa grand-mère. Elle se savait si maladroite !

Mais, en jetant un regard anxieux à l'iguane, son plus fidèle ami et compagnon de jeu, elle décida qu'elle ne pouvait décidément pas le laisser dans cet état.

Mettant de côté son appréhension, elle alla chercher le gros ouvrage de magie et l'ouvrit au chapitre des sorts de guérison qu'elle commença à parcourir. Jaspar ne semblait pas souffrir, mais sa honte était si visible qu'elle serrait le petit cœur d'Ana. Elle savait ce que cela faisait d'être différent. Elle savait aussi combien il est important de rester fidèle à soi-même et à sa nature. Or, Jaspar était naturellement vert, et elle était convaincue qu'il ne se sentirait bien que dans sa peau verte.

Toute l'après-midi, Ana mélangea, brûla, hacha toutes sortes d'herbes, de fruits, et de minéraux, et pratiqua diverses incantations.

Jaspar passa par toutes les couleurs de l'arc-en-ciel.

Elle essaya d'abord une potion au jus de framboise, Jaspar se teinta de turquoise.

Une incantation maladroite le fit virer à l'agate.

Trempé dans un bain de fleurs de capucine, il prit la couleur pâle de la tourmaline.

Avec de la poudre d'anis, il devint rubis. Un mélange de cendres ? Il eut des reflets d'ambre. Et s'il mangeait sa salade de nopal ? Il tourna à l'opale.

Le soir commençait à tomber, et Jaspar somnolait. Ana n'avait pas vu le temps passer, mais elle commençait à comprendre et s'approchait du but : Jaspar était émeraude et se prélassait encore sur la pierre agréablement chaude qui avait servi au dernier essai de la petite fille. Elle alla alors chercher une petite hache cérémonielle dont elle avait vu sa grand-mère se servir plusieurs fois au cours de ses rituels les plus délicats.

Elle s'en servit pour couper finement

et moudre divers ingrédients.

Alors sur Jaspar réveillé

elle se mit à réciter

quelques vers de Jacques Prévert :

enfin ! Jaspar retrouva ses écailles de jaspe vert !

Depuis sa chaise à bascule d'où elle veillait discrètement sur elle, sa grand-mère souriait, pleine de fierté. Ana s'était beaucoup améliorée. Elle avait su persévérer, elle avait surmonté ses craintes.

Plus tard, la vieille femme offrit la hache centenaire à sa petite-fille et Ana sut qu'elle était enfin devenue une digne descendante de la lignée de chamanes que composaient ses ancêtres.

Le circuit

Hortense Flament

Dans son grenier, Pierre rêve encore.

La journée sera belle.

Il arrivera à la gare et entendra le doux sifflement des locomotives.

L'une d'elles, comme endormie, l'attendra sur le quai numéro 3.

Il finira sa cigarette pendant que son frère vérifiera la mécanique. Lorsqu'il lui donnera le feu vert, ils grimperont tous deux dans la cabine et, doucement, Pierre activera les boutons qui réveilleront la machine.

Grâce à eux, des centaines de passagers pourront se déplacer entre Nevers et Dijon.

Il connaît le trajet sur le bout des doigts, son corps manipule l'engin par automatisme. Il profite du soleil qui chauffe son visage à travers les vitres. André admire les paysages qui défilent sous leurs yeux. Le trajet a beau être toujours le même, il remarque à chaque fois de nouveaux détails. En tant que chauffeur, Pierre doit rester concentré ; alors, André lui raconte ce qu'il voit. Bien sûr, il en profite pour inventer des histoires. Ainsi, il aurait vu un buffle gambader au milieu des vignes, un pont traversant deux maisons ou, une autre fois, une petite fille brune ramassant des champignons à côté du quai de la gare. Cela fait désormais partie du jeu, et Pierre y participe lorsque le train est à l'arrêt ou quand il file sur une ligne droite dégagée.

Lorsqu'ils entrent en gare, André doit fermer les yeux et c'est au tour de Pierre de lui raconter les voyageurs qu'il aperçoit depuis la cabine. Certains sont des habitués qui embarquent chaque matin pour aller travailler. André doit deviner s'ils sont là ou non, et même sans les voir, il doit tenter de décrire la manière dont ils sont habillés, s'ils ont l'air de bonne humeur et ainsi de suite. Depuis trois semaines il affirme qu'un homme en costume vert monte tous les matins dans le train avant de ressortir en courant. Lorsqu'ils se remettent en route, ils imaginent tous deux ce que les passagers font de leur vie. Ils en arrivent souvent à la conclusion qu'ils sont très heureux de leur situation et qu'ils ne changeraient pour rien au monde de métier. En plus d'être ensemble, les deux frères se sentent utiles.

Ils poursuivent leur trajet, mais, à l'approche de la gare de Beaune, un bruit inhabituel tracasse André. En temps normal, ils ne s'arrêtent pas à cette gare, mais Pierre prend la décision d'interrompre le convoi et André descend avec hâte pour vérifier l'état des wagons. Un long moment s'écoule. Le feu de signalisation est éteint. L'ambiance est étrange. Inquiet, Pierre se décide à descendre à son tour. Rien ne bouge. Le quai est désert et absolument silencieux. Il remonte jusqu'au deuxième wagon et appelle son frère. Toutes les lumières sont éteintes, les écrans sont noirs. Plus de doute, il y a un problème d'électricité sur le réseau. André est sans doute allé jusqu'à la centrale électrique. Pierre ne comprend pas pourquoi son frère ne l'a pas prévenu, mais il va le rejoindre pour l'aider. Lorsqu'il parvient enfin au niveau des interrupteurs, il sent une présence dans le noir.

Il n'entend pas son père, ne veut pas l'entendre. Sa voix, pourtant, le ramène peu à peu à la réalité. « Cesse de t'enfermer dans ce grenier, Pierre, ces jouets ne ramèneront pas André. Descends, il faut que tu partes travailler, et il serait temps que tu te trouves un chez-toi. »

Il n'ose pas le regarder et s'en va. Sur son lieu de travail, il ravale sa tristesse, prend une grande inspiration, et décide que la journée sera quand même belle. Il fait tout ce qu'il a à faire, écoute les histoires des uns et des autres avec bienveillance et raconte même à ses collègues sa rencontre avec une jeune institutrice. Il prolonge son temps de travail, comme d'habitude, afin de ne pas avoir à rentrer chez lui. Quand les bureaux ferment, il se décide à prendre son train de retour. Il regarde les paysages défiler avec mélancolie.

Aussitôt arrivé, il remonte dans son antre. Les trains ont disparu, tout est démonté. Les voies de chemin de fer sont empilées les unes sur les autres. À côté de ces piles, des sacs poubelles presque déjà pleins.

Sa mère arrive derrière lui et lui pose la main sur l'épaule. Sans même le regarder, elle dit : « Désolée, c'est pour ton bien, Pierre ».

Ils veulent l'empêcher de rêver, lui prendre ce qui lui reste d'André. Il va falloir agir vite et de façon stratégique, sinon ils lui voleront tout. Pierre ne dit rien, ne se débat pas, il part et attend que la nuit tombe. Il fait alors mine d'aller se coucher et attend que ses parents s'endorment. Puis il réunit ses affaires dans une seule valise, en prenant le temps de considérer ce qu'il fait. Lorsqu'il entend cinq heures sonner, il remonte jusqu'au grenier, muni d'une seconde valise, et récupère tout ce qu'il peut. Trains, gares, rails, matériel électrique. Quand tout est bouclé, il s'en va, décidé. Il prendra le premier train pour Dijon. Là-bas, il connaît quelqu'un qui pourra l'héberger, le temps qu'il se trouve un toit.

Personne ne l'empêchera de reconstruire son circuit et d'y retrouver son frère.

Table des matières

Découvrez les autres ouvrages de notre catalogue !

http://www.editions-humanis.com

Luc Deborde
Éditions Humanis
BP 32059 – 98 897 Nouméa
Nouvelle-Calédonie

Mail : luc@editions-humanis.com

www.ingramcontent.com/pod-product-compliance
Lightning Source LLC
Chambersburg PA
CBHW020128180726
47992CB00020B/2544